A

L'HONNEUR FRANÇAIS,

ET AUX GLORIEUSES ET IMMORTELLES JOURNÉES DE JUILLET
1830;

Par M. Henri-Pierre-Justin DAGUSAN, ancien
sous-Officier de l'ex-garde Impériale, ex-Professeur
de Calligraphie à l'école de Sorèze, et Professeur
à l'Institution des Sonrds-Muets de la ville de
Toulouse.

L'HONNEUR FRANÇAIS,

Et aux glorieuses et immortelles journées
de Juillet 1830.

Je chante dans mes vers les célèbres journées
Qui mirent en péril les têtes couronnées,
Les hauts faits des vainqueurs, la chûte des vaincus
Qu'il nous faut célébrer dans les bras de Bacchus.
Qu'un autre mieux nourri nous prêchant l'abstinence,
Nous dise mille fois de faire pénitence
Et qu'il n'observe point ces préceptes divins,
Tant pis, c'est un défaut, mais buvons de bons vins
Et chantons tour à tour en dépit de ce hère,
La liberté, le vin et fesons bonne chère.
Chagrin, mélancolie, oui nous vous bannissons
Pour suivre son exemple et pour fuir ses leçons.
Que nous importe, à nous, un prêcheur fanatique
Qui pérore long-temps et d'un ton despotique
Nous impose des lois qu'il ne suivit jamais,
Qui mange des chapons, ordonne des œufs frais,
Qui de tous nos momens veut faire un long carême,
Mais qui seul veut manger les bons mets et la crême!....
Un tel homme est à charge à tout bon libéral
Et de notre santé c'est le grand minéral.
Mettant donc de côté ses dogmes, ses préceptes,
Je laisse aux ignorans, aux fourbes, aux ineptes

De suivre ses leçons, quant à moi je m'en ris,
Et quitte ce sujet pour voler à Paris.

Paris, belle cité, l'idole de la terre,
C'est pour mieux te chanter que je bois à plein verre;
Ton nom par les mortels sera toujours cité,
Il sera l'entretien de la postérité ;
Tu régneras toujours sur la terre et sur l'onde ;
Ton nom a fait trembler les potentats du monde !....
Que sont-ils tous ces rois, et ce fier empereur (1 !
Ils sont tous abattus, frémissant de terreur !
Ton nom seul les retient, ils n'osent entreprendre
Une injuste agression qu'ils ne sauraient défendre ;
Ils savent qu'à Paris il est des chefs nouveaux,
Ils n'y pourraient aller sans trouver leurs tombeaux,
La liberté sur eux fait l'impression forte
Qu'inspire à ses sujets le tyran de la Porte.
Honneur te soit rendu mille et million de fois,
Toi seule tu le peux, fais et refais des rois.
Paris, la liberté, voilà le cri de gloire,
Avec ces mots sacrés volons à la victoire;
Mais pour mieux l'assurer est un autre moyen,
Le roi que tu choisis est un roi-citoyen,
Qu'il nous guide partout, qu'il soit à notre tête,
Avec lui nous irons de conquête en conquête
Apprendre à l'univers le mot de liberté,
Rabattre des tyrans l'orgueil et la fierté !
Partout sur son passage on verra notre élite
Faire de grands progrès et plus d'un prosélyte.

------

1) L'autocrate de la Russie.

Partout le nom français si souvent révéré,
Conservera l'éclat si long-temps avéré.
Oui, grand roi, tu le peux, armé de ton tonnerre,
Suivi de tes soldats, fais donc trembler la terre,
Fais voir au monde entier ce que peut un héros
Aimé de ses sujets, dédaignant le repos.
Embrâse l'univers si l'univers persiste,
Commande à tous ces rois, qu'aucun ne te résiste;
Fais proclamer partout le pouvoir de tes droits
Que tu confirmeras par maints et maints exploits.
Va, commande en vainqueur et suis souvent l'exemple
Du grand homme au tombeau que l'univers contemple!..
Mais, où va m'égarer la fureur de mon art?
Je donne des avis et je parle sans fard!
Pardonne-moi, grand roi, ma verve poëtique
S'érige quelquefois en docteur prophétique,
Quelquefois je dis vrai, je me trompe souvent,
C'est un malheur pour moi, je ne suis pas savant;
Si je fais un effort pour bien placer la rime
Et que j'y réussisse, alors ce qui m'anime
Est un je ne sais quoi qui me fait mesurer
Un pied, un hémistiche, et sans m'en assurer,
J'écris sur le moment le fruit de mes idées,
Sans consulter jamais si toutes sont fondées.
Enfin je ne suis pas un de ces grands auteurs
Qui font briller la scène ainsi que les acteurs.
Auteur né du moment, dans cette circonstance,
Mon but est de chanter le bonheur de la France,
   Des hommes parmi nous, chers à la nation,
De l'univers entier font l'admiration.

Lafayette ! grand'homme ! achève ton ouvrage,
Tu commenças ton œuvre en la lointaine plage,
Tu portas parmi nous le fruit de tes travaux,
Et des Américains tu nous rendis égaux.
Vis long-temps avec nous, pour l'honneur, pour la gloire,
Guide nous, tu le peux, au champ de la victoire ;
Porte tes cheveux blancs , images du respect,
Au champ de Mars, partout, qu'on tremble à leur aspect,
Et que ton nom illustre, adoré, vénérable,
Fasse honorer partout un vieillard respectable,
Alors nous chanterons avec plus de chaleur :
Vive ses cheveux blancs et vive sa valeur.

Rassurez-vous , Français , si l'ennemi nous brave,
Nous avons tous des bras , nous y mettrons entrave.
Au nom de Lafayette est joint d'autres grands noms
Qui tous sont des héros, méritant leurs renoms
Tous ces braves, Clauzel , Soult , Gérard et Lamarque
Sont des noms aussi grands et dignes de remarque ;
Ils sont tous généraux, ils ont des grands talens,
Puissent-ils pour nous tous vivre plus de mille ans ;
L'ennemi les connaît , bien plus il les redoute,
De leurs rares talens nulle nation ne doute.
Pour prix de ses vertus, pour prix de ses travaux,
De sa belle éloquence et de tous ses tableaux,
Les Français à Lamarque offrent une couronne,
Et quoi de plus flatteur quand le peuple la donne !
Mais non , il est soldat, et par humilité
Il exprime un refus plein d'amabilité,
Et seulement des vers il accepte l'hommage,
Quel charme en les lisant se peint sur son visage !....

Il a bien mérité d'un peuple trop heureux
D'avoir des défenseurs dont il est orgueilleux ,
Et tout français toujours avec le même zèle
Aux lois de son pays devrait rester fidèle.
Un guerrier non moins grand , le valeureux Clauzel
Que poursuivait le sort du général Ramel ;
Victime des suppots de l'affreux vandalisme,
Parés pompeusement du nom de royalisme
Si souvent travesti pour éviter la mort ,
Part , s'enfuit et bientôt il arrive à bon port
Dans un pays heureux que borne l'Atlentique ,
Gémit de nos malheurs au sein de l'Amérique.
Il revient parmi nous , et les bords africains
Par son rare mérite ont changé de destins.
Soult , ce grand conquérant , l'espoir de la patrie ,
Va bientôt relever notre gloire flétrie.
Homme de cabinet , comme vaillant soldat ,
Sans prendre de repos il remplit son mandat ;
Ce valeureux guerrier , cet excellent ministre ,
Fait frémir les tyrans d'un avenir sinistre !....
Gérard enfin , Gérard , ce soldat courageux ,
Est de nos généraux un des plus valeureux ,
Et redouté partout , en Russie , en Espagne ,
Ce digne général , le célèbre Cassagne
Qui succéda naguères au brave Cailhasson ,
A nos fiers ennemis va donner la leçon.
Mille chefs supérieurs anciens par leurs services ,
Creusent à l'ennemi d'énormes précipices.
Guidés par ces guerriers nous ne craignos plus rien ;
N'avons-nous pas d'ailleurs un grand Roi-Citoyen.....

Que chérira toujours la nation entière?
Malheur à l'étranger s'il franchit la frontière!....
Tout français est soldat, sa devise est l'honneur,
Ah! bien plus que jamais on le verrait vainqueur,
Fixer son étendart sur le champ de bataille
Et braver de sang froid une horrible mitraille!....
Avec de tels guerriers, modèles des héros,
Fuyez, tyrans, pour vous il n'est plus de repos!....
N'allez pas vous forger de nouvelles chimères,
Vos succès désormais seront tous éphémères,
Surtout ne croyez pas encor nous envahir,
Nous n'avons plus de chefs capables de trahir!....
Courage, citoyens, hâtons-nous de nous rendre
A l'appel de l'honneur il faut tout entreprendre,
Brayons les ennemis, leur morgue, leur courroux,
Et qu'au fort du combat ils tombent sous nos coups;
Alors le coq gaulois, témoin de notre gloire,
Fera retentir l'air de ses chants de victoire.

Que cette liberté chère à tout bon français,
Constante parmi nous y préside à jamais,
Et pour la maintenir, rallions-nous; ensemble,
Il faut à notre aspect que tout ennemi tremble;
Plus de divisions, Français, unissons-nous,
Et tous nos ennemis tombent à nos génoux.
Qu'il est beau, qu'il est grand, d'avoir pour notre égide
Un mot qui des tyrans la fureur intimide.
Liberté! liberté! nous dressons des autels
Pour toi, pour tes enfans, pour les heureux mortels
Pour qui ce mot sacré n'a rien qui les offense,
Pour ceux qui mourraient tous en prenant ta défense

Muse, rappelle-moi ces horribles combats
Des rois contre le peuple, et dis-moi leurs débats.
Pourquoi dans ces trois jours de scènes désastreuses
Le sang a-t-il coulé ! catastrophes honteuses !....
Dis-moi pourquoi le fils dans son aveuglement,
Arrache-t-il la vie à son père impuissant ?
Pourquoi le frère encor contre un frère avec rage,
Ose-t-il signaler son criminel courage ?
Ah ! dis-moi donc enfin pourquoi l'intime ami,
De l'ami le plus cher devient-il l'ennemi ?
Et mettant de côté tout sentiment d'estime,
Aujourd'hui le poignarde et le met dans l'abime ?
Hélas ! qui le croira, ce mot de liberté
Est l'hydre qu'il combat, qui rabat sa fierté ;
Tout sentiment d'honneur est proscrit, et sa bouche
Ne connaît plus d'amis, ce saint mot l'effarouche.
Ah ! son égarement dans ces trois jours est tel,
Que de lui son ami reçoit le coup mortel !
Quel spectacle, grand Dieu, souffriez-vous sur la terre!
Vous pouviez nous dompter et vous nous laissiez faire !
Ah ! vous avez voulu reconquérir nos droits
Sur tous les potentats, soit empereurs, soit rois ;
Vous aimez vos enfans et le faites connaître,
Avec la liberté vous nous faites renaître.
Prions, Français, prions cet être tout-puissant
Qu'il conserve à jamais notre bonheur naissant.

INVOCATION AUX PEUPLES.

Le nom français toujours révéré sur la terre,
Le fut en temps de paix comme au fort de la guerre.

En tout temps; en tout lieu, s'il fut toujours vainqueur,
Sa valeur égala la bonté de son cœur.
Peuples, rallions-nous, fraternisons ensemble,
Qu'un même sentiment désormais nous rassemble;
Plus de haine entre nous ni plus d'inimitié,
Qu'un pacte nous unisse au sein de l'amitié.
Ce pacte est *liberté*, mot bien cher à la France!
Qui doit nous ramener au sein de l'abondance;
Faire fleurir partout le commerce et les arts,
Peuples, vous le pouvez, prenez-en tous vos parts;
N'obéissez donc plus à des ordres barbares,
Du sang des Libéraux montrez-vous tous avares.
Imitez ces héros Belges et Polonais,
Et devenez comme eux amis des bons Français.

QUATRAIN.

En terminant ces vers j'apprends que l'Italie
Va bientôt secouer le joug qui l'humilie,
Et nous donne encor plus ce consolant espoir
De voir tous les tyrans réduits au désespoir.

ODE

A LA CHARTE CONSTITUTIONNELLE.

O toi que la France révère,
Toi qui nous assure nos droits,
Qui les maintiens, reste sévère,
Deviens l'orgueil de tous nos rois.
Intacte lorsqu'on t'a donnée,
Tu fus disséquée plus tard,
Charles t'avait disséminée,
Philippe te donna sans fard,

Conserve pour notre assurance
Tous tes articles, ta valeur,
Sois le code éternel de France,
Des étrangers deviens le leur.

ODE

A LA GARDE NATIONALE DE FRANCE.

Paris nous a donné l'exemple,
L'élite de ses habitans,
Parmi nous doit avoir un temple
Institué pour nos enfans.
Persévère, ardente jeunesse,
A servir sous notre drapeau,
Que tout bon citoyen s'empresse
A sortir de son long repos.
Et qu'à ce cri de guerre : *Aux armes*,
Tous les français soient ralliés,
Tyrans, nous causons vos alarmes,
Tremblez, despotes alliés !.....
O vous, enfans de la patrie,
Toulousains, ah ! chantez d'accord,
Votre chant a de l'harmonie ;
Aux tyrans, jurez tous la mort ;
Naguère était à votre tête
Un brave et vaillant colonel,
Un favori de la conquête
Le remplaça, mais l'immortel
Veut encor que dans nos annales
Le nom de Cassagne inséré,
De ses gardes nationales
Soit dans tous les temps révéré.

L'heure sonne, ah ! peuples de braves,
Le héros vous quitte un instant,
Mais quand les périls seraient graves
Vous le reverrez triomphant.

HYMNE A MON DRAPEAU.

Que j'aime à voir de tes couleurs
Le vif éclat souvent paraître
Sur l'édifice, à ma fenêtre.
Il vient apaiser les douleurs
Que j'eus long-temps de ton absence ;
Je me sens renaître à l'instant
Ainsi que tout homme au printemps.
Mais hélas ! quelle différence
Est entre le printemps et toi !
Le printemps est pour tout le monde,
Pour l'animal le plus immonde,
Tu n'es que pour la bonne foi.
Brille à jamais sur nos tourrelles,
Sois l'effroi du perturbateur,
Dans les camps porte la terreur,
Que les français te soient fidèles.

HYMNE A MA COCARDE.

Trois ans tu fus mon ornement
Et je te portais avec gloire
Chez l'étranger et sur la Loire ;
Mais hélas un événement
Survint bientôt, et ma carrière
Ne fut plus celle d'un soldat,

(11)

Je reçus un autre mandat,
Et j'eus toujours l'humeur guerrière.
Je te conservais dans mon cœur,
Mais pour devenir ma parure
J'attendais la race future.
Elle apparut. Oh! quel bonheur!
Au même endroit toujours brillante,
Tu resteras jusqu'à ma mort;
Ah! brave tous les coups du sort,
Deviens toujours plus éclatante.

SATIRE.

La Russie arme avec emphase,
Tous les peuples sont consternés,
Les petits rois sont prosternés;
Et je harnache mon Pégase
Pour me sauver au grand galop,
Eh! vite, ce n'est pas trop tôt,
Car je vois l'épaisse poussière
Que fait l'affreux géant du nord,
Il sera chez nous tout d'abord
Ainsi que sa horde guerrière.
Mais halte-là, voici l'écueil;
On les enterre sans cercueil
Dans un petit coin de Pologne.
Quel est le sort de ces guerriers,
Des peuples, s'ils sont les premiers,
Ils ne seront pas sans besogne.
Allons Paskewitsch, d'Erivan,
Diebitsch, passa le Balkan,
D'accord avec votre confrère,

Réunissez tous vos efforts,
Pour ne pas échouer aux ports
Et surtout gagner votre affaire;
Sortez-vous de cet embarras,
Etourdissez de vos houras
Un peuple qui veut être libre,
Au lieu d'un soyez dix contre un
Cela vous fut toujours commun,
Mais conservez votre équilibre.
Russes, ne vous aveuglez pas,
Aux Polonais cédez le pas,
Sachez que devant Varsovie
Si vous faites de vains efforts,
Ils feront rempart de vos corps
Vous perdrez presque tous la vie,
Si, favorisez par le sort
Et que tout Polonais soit mort
Les ayant vaincus par le nombre,
N'allez pas vous enorgueillir,
L'épine il vous faudra cueillir.
Et passer la demeure sombre.
Ne croyez pas que les Français,
Amis des braves Polonais,
Voient de sang froid une défaite,
Ils vous auront bientôt vaincus
Malgré le cholera-morbus,
Devant eux battez en retraite.

COUPLETS

En l'honneur des braves du 5.me Régiment d'Artillerie, qui ont été donnés dans Saint-Agne, par l'Auteur, au moment du départ, à un Chasseur de la Garde Nationale, et qui ont été chantés par quelques-uns de ces Messieurs.

Air : De la Marseillaise.

Salut, enfans de la patrie,
Artilleurs, recevez nos vœux,
Embrassons-nous dans la prairie,
De l'amitié serrons les nœuds.   (bis)
Ah ! si pour nous votre prudence
Evita le plus grand des maux,
Nous venons fêter des héros
Qui sauront défendre la France.
Hâtons-nous, citoyens, à leur santé buvons,
Trinquons, trinquons, qu'un doux nectar délecte nos poumons.

Si le trois Août pour nous propice,
Partisans de la liberté,
Vous nous prites sous vos auspices,
Nous buvons à votre santé,   (bis)
La France connaît votre gloire,
Et nous qui sommes Toulousains,
De vos bienfaits étant certains,
Nous sommes avec vous pour boire.
Hâtons-nous, citoyens, etc.

Vous allez par votre courage,
Par vos talens, par vos travaux,
De l'ennemi faire un carnage
Pour assurer notre repos.   (bis)

Honneur soit à l'artillerie
Qui part et que nous regrettons,
Au premier rang nous la mettons,
Car de nous tous elle est chérie.
Hâtons-nous, etc.

Que cette plaine retentisse
De nos accens, de nos concerts,
Le cinquième a rendu service
Qu'il soit célébré dans nos vers.   *(bis)*
D'accord avec ses frères d'armes,
Ce fier et brave régiment
A tout calmé dans un moment,
Il a dissipé nos alarmes.
Hâtons-nous, etc.

Partez, enfans de la victoire,
Avec vous emportez nos cœurs,
Vous reviendrez couverts de gloire,
Nous boirons aux braves vainqueurs.   *(bis)*
Ah ! notre peine est sans égale !
Quoi ! vous vous séparez de nous,
Vous embrasser serait bien doux
Pour la garde nationale.
Hâtons-nous, etc.

Amis, chantons, dansons ensemble,
Prolongeons nos amusemens,
Si cette fête nous rassemble
Profitons de ces doux momens.   *(bis)*
Vous nous quittez, car la conquête

Vous attend dans d'autres climats,
Tour-à-tour soyez dans nos bras,
Qu'un baiser termine la fête.
Hâtons-nous, etc.

ACROSTICHE ÉPIGRAMMATIQUE.

Non, je ne veux pas en démordre
Il faut que mon nom désormais
Culbute ou vous mette en désordre
Orgueilleux et fiers Polonais !
Laisse faire, ô tyran farouche,
Arme tes bras, tes mains, ta bouche,
Sois capot de tous leurs hauts faits.

MES TABLEAUX D'EXPOSITION,
ÉLÉGIE.

APOLLON, dieu des vers, ah ! prête-moi ta lyre,
Je voudrais en tirer les sons les plus plaintifs,
Exprimer mon chagrin en peignant mon martyre
Et dire au monde entier quels en sont les motifs.
Hélas ! il est trop vrai dans le siècle où nous sommes,
Ce n'est pas le mérite ainsi que le talent
Qui convienne le mieux aux yeux de certains hommes ;
Sous Charles il suffisait d'être sot, ignorant,
Pourvu qu'on eût sur soi le Christ, le Scapulaire,
Qu'on prît l'air d'un pédent et celui d'un cagot,
A ses hommes d'état on était sûr de plaire ;
A l'homme de génie, ils préféraient un sot.
O bien heureux retour d'une liberté sainte
Que Philipe apporta parmi les bons français,
Que proclama Paris dans toute son enceinte,
Stable parmi nous, sois-y donc à jamais.

Donne-moi le courage et toute l'énergie
Qu'il me faut un instant pour peindre mes malheurs !
Tu m'as ouvert les yeux, et cette léthargie
Me quitte pour toujours, je vois tarir mes pleurs !
J'aperçois mes tableaux dans ce beau capitole
Fixant l'œil attentif de tous les curieux,
Et j'entends prononcer ce vers, cette parole
De tous les concurrens, celui-ci fait le mieux.
Timide spectateur, de plaisir je frissonne ;
Je m'écarte à long pas, rêvant sur mon destin,
Quand tout-à-coup je vois préparer la couronne
Qui doit ceindre le front d'*Henri-Pierre-Justin.*
« Quel est donc ton espoir, orgueilleux calligraphe ? »
Repètent tour-à-tour mes quatre concurrens ?
« Si tu fais mieux que nous majuscules, paraphe,
» Tu n'es pas des élus, sois exclu de nos rangs ;
» Nos dessins prévaudront, travaille à main-levée,
» Et surtout en public, ce n'est point notre fait,
» Au bout de cinq, six mois notre œuvre est achevée,
» Nous travaillons tous seuls dans notre cabinet. »
C'en est fait, leurs raisons prévalent sur les miennes,
Ils sont tous mentionnés fort honorablement,
Semblables aux enfans, ils ont tous leurs étrennes ;
Et de tous mes travaux, que reçois-je..... néant !
Vit-on jamais en France une telle injustice ?
Mais le prix, qui l'a donc ?... on doit le deviner ;
Ce silence envers-moi fut l'effet d'un caprice,
Nous étions cinq en tout ; on devait le donner.....

Nota. L'auteur se fait fort d'enseigner à écrire et de réformer les écritures les plus incorrectes dans 25 ou 30 leçons au plus.

ÉPITRE

Au Roi des Français, en l'honneur de sa Fête.

O toi, Roi Citoyen, que ton peuple idolâtre,
Entends les faibles sons qui sortent de ma voix,
Daigne me pardonner, si ma muse folâtre
N'a pas cette hauteur qu'exigent les grands rois.
Si mon style incorrect, dépourvu d'harmonie
Pour chanter tes vertus est faible trop souvent,
C'est que jamais je n'eus des beaux vers la manie,
Que je ne fus jamais poëte ni savant.
Mais quand on a pour toi respect, amour, estime,
On peut facilement s'exprimer dans ses vers;
On est toujours poëte en dépit de la rime
Pour célébrer un nom chéri de l'univers.
O jour bien fortuné pour la nouvelle France!
Pour la première fois nous allons te fêter;
Tu seras désormais la source d'abondance
Et notre dévoûment saura te mériter.
Oui, grand roi, tout français avec ardeur et zèle
Te suivra pas à pas au sentier de l'honneur;
En tout temps, en tous lieux, il te sera fidèle,
A te servir long-temps il mettra son bonheur.
Nargue tous ces tyrans, ces absolus despotes
Qui voudraient opprimer tes fidèles sujets;
Au sein de leurs états il naît des patriotes
Qui sauront déjouer leurs criminels projets.
Et les français toujours, dédaignat leurs menaces
Sont prêts à recevoir leurs féroces guerriers,
D'un coup précipité, s'élançant sur leurs masses,
Ils t'offriraient leurs corps, et morts, ou prisonniers.......

ÉPITRE

Au Roi des Français, en l'honneur de sa Fête.